시담포엠시선 042

이춘희 시집

바람 속에
묻은 시간들

시담포엠

시인의 말

저마다
가슴에 쌓인 무수한 이야기
뜨거운 심장으로 포옹하며
시의 씨앗으로 채워본다.

대학 시절 공학을 전공하여
이성적인 사회생활에만 매몰되었던 나
이젠, 시인으로서 심상을 그려나가는
시작 활동이 내 일상의 꿈이 되었다.

나의 두 번째 시집『바람 속에 묻은 시간들』은
날고 싶은 내 꿈의 절반을 담았다.

후드득 떨어지는 빗소리도 주워 담으며
영혼의 울림을 그려낸 수정 같은 백자이기도 하다.

아쉬웠던 내 삶의 문장을 시집에 담아
가슴속에 영원히 묻어두련다.

2023년 봄날
이춘희

차례

1부 백야의 설원

2부 시간의 물살

3부 그리움이 담긴 수채화

4부 시인의 사색

부록(수필)

해설

1부

백야의 설원

겨울새 날개 접고
순결한 눈꽃에 침묵할 때
시인은 설화처럼
그 마음에 머물렀다.

바람의 집

빛도 형체도 없이 흔들림으로
존재를 알리는 바람

지구를 떠돌다가
풍류객처럼 고요를 흔들며
청보리밭에 달려가고

하나 되는 합창 소리로
물고기 떼 이끌며
메아리치기도 한다

번지 없는 허공에서
시간과 공간을 들락거리며
한가롭게 소일하다가

어느 날 갑자기 묵직한 발자국을 찍으며
온 누리에 무수한 상처를 입혀 놓고

바람은 안식할 곳을 찾아
그곳에 생명을 내려놓는다.

봄을 캐는 여심

4월의 연둣빛이
청명한 봄을 내릴 때
들녘은 은은한 선율을 타며
전설처럼 쑥이 움트고

봄을 몰고 온 바람이
나뭇가지에 졸고 있을 때

봄을 캐는 여심은
쑥 향기에 들어가
잃어버린 흑백사진을 찾는다

화사한 햇살에
마음을 터트리며
한 움큼 캐어낸 쑥

쑥 털털이의 향긋한 봄 내음에
타다만 그리움 한 조각 가물거리며
허공으로 날아오른다.

백야의 설원

태백준령 선자령
시린 상상 삼켜버리고
흐드러지게 피운 눈꽃

에델바이스 하얀 꽃보라는
허공에 뿌리를 내리며
겨울왕국의 성채를 만들었다

수많은 생명이 저 속에서
봄의 새싹이 움트고 있으리

겨울새 날개 접고
순결한 눈꽃에 침묵할 때
시인은 설화처럼
그 마음에 머물렀다.

저, 주목나무

하늘빛 끌어모아
숨 가쁘게 보낸 겨울나무

풍파에 깊이 패인
멍울을 매달고
시린 마음으로 푸름을 지켜왔다

뚫린 가슴으로
시간을 접어놓은 채
그 자리에 홀로 서 있는 모습

세월의 무게에 휘어진 몸으로
지친 기억을 침묵한다

내 푸르름도 흐릿한 추억이 되듯
찬란했던 영혼의 뿌리는
빈 허물로 남아
붉은 생명의 소리에 뒤척이고 있다.

멍울의 흔적

지난여름 목청 돋우던 언어들도
기도하듯 잔잔해진 겨울 바다

부글거리던 무수한 삶의
흔적을 비워내며
또 한 멍울의 시간을 지키고 있다

한 계절을 품었던
열정도 벗어놓고 슬픔도 묻은 채
겨울 밤바다는 지쳐있는 듯
고요 속에 갇혀있다

조각 진채 조여 오던
내 작은 노래들
겨울 바다를 쓰다듬고 있는
한줄기 바람으로 훌훌 털어버리고

내 안의 얼룩진 그림자를 지우며
침묵 속에 빠져본다.

물의 뿌리

물의 뿌리는 태초부터
어둠 속 궁창에서
자라고 있었나 보다

그 신비스러운 영혼의 물줄기는
죽음보다 더 깊은 곳에서
잠든 지층 더듬어가며
물꼬를 트고

시린 바람에도 멈추지 않은 채
빈 영혼 불태우며 키워낸 천년의 뿌리

무성하게 덮은 청청한 이파리들도
하늘 높이 늑골을 타고
도도한 고통 속에서도
드넓은 세상을 끌어안는다

나도
물의 뿌리로 시작되었다는 것을.

노을이 뜰 무렵

해 질 녘 붉게 물든 강변
어둠이 짙어지는 시간
감빛으로 내려앉아 있다

새로운 생명을 잉태한
지난날의 그리움들
적막으로 밀려오고

노을에 물든 마음은
주름 잡힌 시간 속에도
붉은 기억을 깨운다

갈색빛 영혼
풀꽃 같은 여린 마음
지금은 어떻게 물들어 가고 있을까

흑백사진을 강물에 띄우며
주름진 노을 위에 붉은 서정을 그린다.

굴레

늦가을 곱게 물들었던 단풍잎
한잎 두잎 땅바닥에 덩그러니 내려앉는다

그 시절 늦가을
피나무에 매달려 두근거리던 설렘
뜨거웠던 심장마저 내려놓고
비워야 했던 마지막 순간

하얀 그리움 서리꽃 되어
알알이 박힌 흔적들
서걱거리는 애수에 젖어
갈바람에 떠밀린 채

땅거미가 내려앉은
그대 떠난 벤치의 구석에서
주름진 추억을 회상한다.

한때는 연둣빛으로 물들인
그 시절이 있었노라고.

자화상

이른 시간부터
무거운 가방을 메고
오래 답습된 모습으로
바쁜 걸음 내딛는다

무거운 삶의 질주
거칠어진 영혼은
안개 속을 헤쳐 가며

하루의 일정을 빼곡히 담고
소망의 불꽃을 스케치하며
당당히 맞선다

삶의 가치를 다하며
통통 튀던 그 모습
푸른 추억 속에 일렁이고

거울 앞에 비친 내 자화상은
흔적만 갇혀있는
주름진 얼굴로 산다.

햇살의 자리

널브러진 고깃배도 침묵하는
푸른 봉우리 오동도

여름 내내 북적거리던
발소리와 하얀 웃음소리
기억들은 어디론가 떠나버리고
검푸른 파도만이
갯바위 그림자를 삼켜버린다

햇살의 감옥에서
숨 막히게 더위의 무게를 견뎌낸
시누대 터널의 푸른 전설
경쾌한 악보처럼 초가을 소리로 채우고

시간을 담은 바람은 촉각을 세워
붉은 영혼 불태울 동백의
떨리는 심장을 포근하게 감싸준다

오동도를 동행하던 빈 가슴도
바스락거리는 마른 발자국 소리에
지난날의 붉은 씨앗을 심어 본다.

봄을 노크하다

뒤척이던
양재천에 봄비가 내린다

만삭의 봄을 잉태한 자화상들
해산할 날만을 기다린다

목련은 살짝 얼굴을 내밀며
봄을 노크하고
물 만난 여울목 올챙이는
떼 지어 다니며 봄을 노크한다

비 개인 봄 햇살도 시끄러운
노크 소리 멈출 줄을 모르고

먼 길 달려온 봄이, 어수선하던
겨울의 벽을 무너뜨리듯

새봄은 똑똑똑 똑똑똑
내 옷깃을 두드리며
멍울진 가슴속 그늘마저 허물어버린다.

가을의 여백

허공에서 새들의 호흡으로
펼쳐진 가을하늘

새들은 구름에 말을 묻고
나는, 바람의 허리를 껴안으며
푸른 여백을 채워간다

하늘과 땅의 밀고 당기기에
배고니아꽃과 하나가 된 붉은 향기
갈대의 여려진 머릿결을 모두 모아
붉게 태우는 저문 가을

내 삶의 무게를 잠시 내려놓고
닳아버린 발자국을 내디디며
가을 속 문장을 펼쳐본다

머지않아 계절이 굽이치면
허물로 남아있을 빈 여백
푸르게 찾던 그날의 향기로
채워가리라.

시간의 강

시간은 항상 내 곁에 있어도
아무 말이 없다

나를 등에 업고
나를 몰고
몇 계절을 돌았는지
나도 숨이 차다

쉼도 없이 가는 시간
시간의 갈피 속에
그리움만 끼워 넣고

나의 생은
조각 진 흔적들만 깜빡거린다

세상의 삭막한 혼돈 속에서도
하루의 그림자를 접으며

시간은 내 곁에서
강물처럼 쉼 없이 흐르고 있다.

엇갈린 마디들

7월에 내리는 굵은 장맛비
운명처럼 창문을 두드리며
교향곡을 연주한다

내 메마른 가슴골 이랑도
빗줄기의 가락에 젖는다

나날이 흘러나오는
축축한 뉴스들로
허공을 붉게 물들일 때

허기져있는 빈 가슴들
꽃등 켤 날을 기다린다

세상의 찌든 욕망에
갈증을 앓던 등나무도
엇갈린 마디로 해갈을 꿈꾼다.

하루를 기댄 사색

하늘의 우물일까
바다의 우물일까
파란 그리움은 안개처럼 번져 나온다

침묵의 빛깔은 수평선을 덧칠하고
사색으로 채워 가면

갇혀있던 그리운 기억을
하나하나 들어 올리고

지난 시간 발 빠르게 살았던
번잡한 일상들도 느림의 미학으로
또 다른 여백을 만든다

주름진 고뇌의 기억을
흐르는 시간 속에 묻어버리며

하루를 기댄 사색의 공간도
수평선 위에 노을빛으로 물들어간다.

바람 속에 묻은 시간들

시간은
어둠과 새벽을 내지르며
내 곁을 지나가고

깊어가는 밤에 두근거리며
미로를 서성일 때도
시간의 덧셈은 머무르지 않는다

가끔 손 내밀어 한 움큼
잡아 보려 해도
잡히지 않고 가는 시간
갈수록 감각조차 무뎌진다

한낱 작은 제비꽃도
얼마나 많은 시간을 바람 속에 묻었을까

오늘도 목마름에 주름지며
흘러가는 시간의 멜로디는
꿈의 속도로 날아간다.

문정왕후의 푸른 혼

아직도 태릉 숲길에는
문정왕후의 푸른 혼이 흐른다

쉼표도 없이 밀려오는 햇살은
한 여인의 욕망처럼
마구 쏟아져 내리고

날이 선 여걸이 수렴청정하며
독야청청 노송을 흔들어대도
이젠 돌이킬 수 없는 세월

왕후의 사연 깊은 고뇌도
커다란 왕릉 한복판에
영혼의 뿌리는 닻을 내린
정적만이 흐르는 숲길

그 혼을 담은
한 여인의 낮은 가락이
지금도 흐르고 있다.

계절의 그림들

지상에 흐드러진 눈부신 날빛도
푸름으로 짙게 여물어간다

웅크렸던 기운 속에
머물러 있던 봄의 서정은
소리 없이 주름져간다

청초롬한 잎새들의 밀고 당기기가
격한 환희의 무대를 만들고

계절의 발걸음도 그 시간 속에 머물며
수많은 언어를 흩뿌려 놓았다

이별의 시간이 다가오는
한 계절의 그림들도
줄이 줄로 이동 중이다.

허물

텅 빈 겨울
지난 계절이 허물로 남은
휘어진 가지에
겨울비는 내리는데

영혼 속에 훑고 간 상처들
무수한 가시를 박아온 팬데믹은
시간과의 동행을 멈추질 않는다

고립된 일상에 구부러진 시간
회색빛 그림자 되어 흩어질 때
겨울비는 쌓인 쓸쓸함을 촉촉이 적시고

허공 속에 갇힌 잃어버린 시간은
상처 난 꿈처럼 낯선 그림자 되어
긴 겨울밤을 밤새 뒤척인다.

생의 한 조각은

우주의 티끌보다 더 작은 곳을
태양이 뜨겁게 달구면

자연은 풍요를 꿈꾸며
살아 있는 모든 것들을
붉게 물들인다

태양이 저녁 바다에 드러누우면
욕망의 가시들을 빼고
이유 없이 내려앉아 버리지만

환각은 어둠 속에서도
삶의 현실에서 안개 속을 헤치며
선연과 악연이 부딪치는
고통의 침묵

그때야 서툰 욕망을
모두 내려놓고
자연의 한 페이지로 돌아간다.

망각의 조각들

작은 촛불 하나에
또 한 해가 가며
시간의 벽을 뚫고
뇌리에 던져진 나의 잔상들

허공 속 어딘가에 흩어져 있다가
찬바람이 일렁이고 나서야
하나씩 하나씩 꿈틀거린다

만남과 헤어짐의 망각의 조각들
하나하나 주워 모아 꿰매어 보면

산고를 치르는 진통처럼
깊은 파도를 삼킬 듯 고요를 가르며
만감이 빈 가슴 들락거리고

늦가을의 이슬처럼 사라진 그리움들
작은 촛불 하나 가슴에 켜놓은 채
묵묵히 회상해 본다.

묵어가는 그림자

시간은
들리지도, 그림자도 보이지 않지만

바람 소리 물소리로
내 곁에서 소음을 내며 흘러간다

한 세월의 계단을 밟으면서
소음과 잡음을 이명처럼 동행하며

자식을 키우며 출가할 때까지
수많은 층계의 소리로 시간을 채우고

그 웃음소리 고함으로 생기 넘치던 심장도
묵은 그림자 되어 내 곁을 지난다

어느덧 내 저물어가는 생의 목차는
외할머니가 되어있다

지금도 묵음으로 동행하는 시간은
망각의 숲으로 이동하고 있다.

거실의 빈 의자

지난날의 속삭임을 기다리는 듯
거실에 낡은 빈 의자 하나가
덩그러니 앉아있다

가끔 베란다 문을 열면
어둠이 뚫고 들어와 잠을 자기도 하고
회색빛 그림자가 머물다 가기도 한다

딸들의 왁자지껄 웃음소리
따뜻한 향기로 꽉 채워졌던 거실의 의자

수많은 시간 속에 나와 함께
든든한 의자가 되었던 생의 무대
어느새 꿈결처럼 사라지고

이젠 적막한 고요만이 드러누운
빈 의자
말없이 흑백사진에 묶인 채
거실 한편에 덩그러니 앉아있다.

슬픔에 절여진 몸짓

안개 눈으로 가려진
잿빛 월미도 앞바다

허공을 휘젓고
속울음으로
바다로 뛰어드는 안개 눈

막다른 길목에서
생의 슬픔에 절인 몸짓이다

거센 바람에
진정되지 않은 잿빛 눈은
시린 내 마음

몇 달을 동행하던
삶의 쓰라린 소음들
내 영혼을 하얗게 비운다.

2부

시간의 물살

세월의 거친 물살에 떠밀려온
삶의 파편들
한 편의 영화를 펼쳐 놓은 듯
눈시울이 붉어진다.

오월의 선율

오월의 연초록 풀내음이
질퍽하게 젖어가는 들녘이다

하늘은 푸른빛으로 고조되어
주체할 수 없는 오월의 선율을

팔을 뻗어 단아하게
낮은음자리표를 그린다

오월이면 꽃잎처럼 열린
스무 살 계집아이 격정의 순간

신이 만들어 놓은 초록 세상을
중년의 빛바랜 이야기로 덮어간다.

아버지

내 고향 부소산에 함박눈이 내리던 날
아버지 머리 위에도 은빛 눈이 내렸다

구순 삶의 무게까지 더하면 얼마나 무거울까

아버지, 내 아버지

교육자로서 길을 지키랴
자식들을 위해 꽃 병풍 되어주랴
평생을 불태웠던 굴곡진 삶

세월에 구부정한 뒷모습은
고독한 겨울나무의 독백이 되어
회한의 그림자가 젖어 내린다

먼 전설의 아릿한 그리움들
부소산에 묻어버린 채

아버지는 겨울바람에도 힘겨운 고목처럼
대문 앞에 서서 오늘도 자식들을 기다린다.

굴곡진 굴레 속을 벗어나다

우듬지에 달라붙은 봄 햇살
부풀어 오른 꽃봉오리 어루만지며
호수의 겨울잠을 깨운다

청둥오리는 나직나직 들려오는
봄의 교향악에 맞추어
날개를 활짝 펴고 있다

호수는 찬란했던 흔적의 회한에 갇힌
벗나무의 시린 발을
잔잔한 물살로 감싸주고

굴곡진 굴레 속에 한겨울을 보낸
나목의 마디마디에
촉촉한 온기로 다독여준다

오늘도 석촌호수는
불타는 여심을 흔들며
벚꽃 향기 치열한 봄날을 꿈꾸고 있다.

초가을 그린에서

내 눈부신
숲속으로

푸른 잔디
푸른 웃음
푸른 숲을 누볐다

푸른 바람은
흙내음 풀내음 가슴에 담아주고
구름을 조각하는 가을 수채화다

초가을 날개처럼
힘찬 샷이 날을 땐
천 개의 심장 소리도 가라앉히며
고요한 풍경소리만 스쳤다

내 주름져가는 시간은
푸른 공간을 채워가며
통쾌한 점 하나를 찍었다.

붉은 그늘

붉게 타고 있는 내장산
산의 비밀이 온통 부서져 내리도록
내 심장이 환상 속에 갇혀 있다

가을 표정에 모든 영혼이
붉은 그늘에서 명상할 때
먼 태고의 생명은 새 생의 꿈을 꾸며
가을 작곡가는 황홀한 악보를 써내려간다

옥양목 같은 흰 구름도 가던 길 멈추고
갈바람도 날개를 접어버린
허공을 찌르는 내장산 풍경
멈추지 않는 신이 내린 손길이다

흐르는 계절도 식을 줄 모르는
단풍의 뜨거운 열정
불타는 가을 유혹은 전설처럼
또 하나의 영혼을 잉태시킨다.

가을 연주회

억새꽃도 시를 읊어대는 가을날
베토벤의 신바람 나는
낭만이 온몸을 붉게 물들인다

신들린 지휘, 기막힌 음률
최고조의 전율로 영혼을 홀리고

한여름 꽃잎에 고여 있던 그리움
빈 가슴은 한 움큼
알레그레토의 감미로움에 푹 젖는다

허공 속을 채우는 열광의 물결
한줄금 달빛마저도 쏟아질 듯
빗장 속에 갇혀있던 오감이
물안개처럼 피어오르고

조였던 우울함이 풀어진 채
가을 색 짙은 향기가 내 가슴을 파고든다.

봄의 안단테

2월의 아침
낙엽 잃은 가지에 머물러있던
하얀 그리움도 씻어내리는 겨울비

빛바랜 지난 계절은
내 마음에 고독이 되어

세월의 무게에 더해진
조각난 기억처럼
겨울비에 적시어 흘려보낸다

영롱한 빗방울이
입춘을 기다리는
흙 속의 영혼까지도 촉촉이 적실 때

어둠을 밀고 나올
봄의 안단테는
침묵의 언어로 속삭인다.

통증의 쉼표

지난 봄날
연노란 새싹의 설렘은
먼 그리움으로 남아있고

이젠, 붉게 태운 단풍잎의
함성마저 거두어간다

빼곡한 스케줄
지킬 수 없는 내 영혼은
한 줌의 낙엽이 되어 흔들리고

바람의 시간도 구름의 시간도
12월의 문턱에 들어섰다

잃어버린 시간의 흉터
고스란히 담아둔
한 장 남은 달력의 얼굴

통증의 쉼표를 남기고
어디론가 떠나간다.

어머니의 경대

윗목에 자리 잡은 커다란 경대
회색으로 닳아버린 서랍 손잡이

세월에 밀려온 골 깊은 기억들은
서랍 속에 분 향기로 가득하고

안으로 주름진 삶
경대 앞에 앉으면
봄꽃처럼 곱던 어머니

코끝에 굳어버린
아린 추억을 꿈틀거리게 한다

수십 년 동안 그 자리에 앉아있는
어머니의 경대는
낯설지 않은 포근함이다

지금도
분단장하던 어머니의 모습은
하얀 치자꽃처럼 은은하다.

계절의 미학

한여름에 퍼붓는 소낙비에도
백일홍의 입술이 붉게 피어난다

고독한 상념에 가슴을 누르며
백일홍의 꽃잎 갈피에
긴긴날 숨겨놓았던 그리움

이젠 그림자조차도 힘없이
부서져 내리며
꽃피었던 계절 따라 떠나가고

여름 한철 백일홍이 지키던 빈자리는
새들마저 떠나버렸다

삶의 빈자리에 밀려드는 여운은
백일홍의 여정이 그러하듯
내 마음에 여린 그리움 되어
안개처럼 머물러 있다.

봄의 여심

허공의 먼지를 쓸어간 늦겨울 비에
하얀 고요를 즐기던 나목들
잠시 맥박의 속도를 늦추고

출렁이는 바람은 마음을 비우며
2월의 대지에 평안히 눕는다

길가에 나뒹굴던 젖은 낙엽들
낡은 그리움을 삼키며
빈터에 나를 내려놓고

긴 터널 뚫고 세상에 봉긋 거릴
풋 생명을 두드리는 빗방울 소리,
연초록 설렘이 촉촉이 적신다

계절의 윤회 속에 서성이는 생명의 씨앗들
봄을 기다리는 여심은
가난한 내 영혼에도 봄의 안부를 묻는다.

목련의 문장

목련의 빈자리엔 연둣빛 잎새로
영혼을 불사른다

봉오리 터지던 눈부신 빛깔
내 작은 기도도
무수한 언어만 남긴 채
짙어가는 봄 길에 흔적으로 놓여있다

거울 속에 비친 내 모습
고요한 문장을 남긴 채
삶의 조각들 무게로 기울어진다

지나간 봄처럼
눈부신 초록빛 리듬이
무수한 기억을 토해낸다.

석파정의 가을

가을은 익어 바람 속에 묻혀가고
풀어진 한 잎의 숨소리만 들리는
석파정의 전설

대원군의 온기가 서린 너럭바위
오랜 시간 붙들어 두었건만
갈바람의 헛된 꿈에
아직도 천세 송을 부르며

석파의 회색빛 기억을 담아
허무한 흔적만 쌓아 올린다

가을이 붉게 여물어도
역사의 주인공이 사라진 석파정

대원군의 별서는
허허로움으로
낙엽의 무덤처럼 쌓여간다.

핑크뮬리

한 자락 땀을 걷어낸
가을 길에 춤추는 핑크뮬리

가을 노래가 내려앉은
들판의 거친 숨소리에
대지는 부풀어 오르며
메마른 나를 적시고

은은히 밀려오는 분홍빛 파도 소리로
어느덧 핑크뮬리와 함께 춤을 춘다

생의 리듬으로 춤추는 핑크뮬리
아픔도 그리움도 온통
분홍 물결 속에 흐드러진
이 작은 우주의 숨소리

나도 허공에서 춤을 추는
핑크뮬리의 가을 혼이었으리.

능소화 사랑

하룻밤의 사랑으로
진홍빛 여름을 달구는 능소화

그녀는 울타리에 기대며
꽃을 피운다

초록 잎새만큼이나
깊은 그리움이 출렁이고
빈 가슴으로 담벼락을
끌어안는다

그날의 발소리는
여름이 여름으로 이어지고
한 생을 저린 한으로 절규하며

진홍빛 짙은 슬픔으로
긴 여름밤을 지새운다.

계절의 순리

한여름 끝자락
촉촉한 진초록의
공원길을 걷는다

푸름푸름한 꽃무리
무더위에 몸 담그며
마지막 비명 읊어대고

숲 속 짙은 향기도
한여름 바람을 빚어낸다

땀으로 견뎌낸 시간
햇살이 만들어낸 탐스러운 열매

머지않아 내려앉을 초록은
계절의 순리에
하얀 그리움으로 붉은 햇살이 된다.

요정 예원이

눈을 깜빡이는 사이
여린 꽃잎을 날리며
꿈나무가 되어있는 예원이
하얀 건반 위에 가녀린 손 떨림은
달빛아래 요정이 되어
청아한 소나티네로 흐르고

풀장에서는 인어가 되어
은빛 물결 일렁이며
신나게 물살을 가르네

외할미의 가슴엔 아직도
아장아장 걷는
어린 새싹으로 남아있는데

우쭐우쭐 예원이는
집안에 상큼한 풋사과꽃,
어느새 예쁜 새가 되어있었네.

시간의 물살

개천의 물살은
곁에서 두런거려도
앞만 보며 흐른다

치열하게 경쟁하며 우렁찬
폭포수가 되어 달려가듯

세월의 물살도 쉼 없이 흘러
세차게 내리는 폭우에도
제 몸 젖는 줄 모른 채

또박또박 생의 무게에 찌든
빛바래 가는 날들은

세월의 거친 물살에 떠밀려온
삶의 파편들

한 편의 영화를 펼쳐 놓은 듯
눈시울이 붉어진다.

빗소리의 안단테

푸름 푸름의 갈대밭
색색의 백일홍 군락지

폭우에 쓸려간 자리
상처투성이 되어
형체도 없이 뒤엉킨 쑥대밭

양재천은 붉은 흙탕물로
흔적도 없이 무너져 버렸다

이 계절도 온통 잿빛 쑥대밭
편치 않은 심정 가슴 한켠에 묻어놓고
빗소리의 안단테로 적셔본다

밤새 어둠 속에서 탈출하지 못한 채
회오리치는 상념 속에
굳어진 그 여인도 쑥대밭이 되었다.

가을건반

저벅
저벅
저벅거리는 가을날
한풀 꺾인 햇살에 내려앉은 푸른 그늘

스쳐 간 그림자들의 그리움을 털어내면
퍼런 슬픔을 저음으로 가라앉히며
밤새 뒤척이던 바람도
그림자 진 언덕에 가지런히 눕는다

비어있듯 쓸쓸한 마음
짙푸르던 내 사랑의 자국을 쫓아서
소곤거리는 가을빛에
곱게 물들여 가며

대지에 내린 가을 건반을 두들기는
공허한 낙엽의 소리를 듣는다.

늦가을 여자

마지막 처절한 몸짓으로
황금을 깔았던 은행나무 길

발자국을 옮길 때마다
사각사각 늦가을이 지던 소리
지금도 들리는 듯

수많은 발자국은 감탄사를 연발하며
그 길을 걸었으리.

지금은 온기 없는 거리에
늦가을 여자는 쓸쓸히 숨소리만 내뱉고
해질녘 노을을 먹은 붉은 그리움에
시린 얼굴을 감싸 안는다.

화려했던 젊음
기세등등했던 중년시절마저
노을빛 붉은 그리움을 품고
빛바랜 젊은 날의 흔적을 더듬으며
그녀는 늦가을 은행나무 길을 걸어간다.

가을의 맥박

가늘어진 햇살에도
가을의 맥박은 숨 가쁘게 뛰고

가을 흙 내음이 수런거리며
발자국을 끌어당기는 바람도
허리가 휘어진 채 기울어져 있다

여름 내내 불볕에도
흔들리지 않던 바람
가을 소나타를 연주하며
옛 여인의 수틀처럼
가을 들판에 수를 놓는다

깊게 익어가는 가을 수채화를
온몸에 담고
저물어 가는 가난한 노을에 젖어
내 빈 마음을 붉게 태운다.

한여름의 높은음자리표

폭염이 무겁게 깔린 양재천
대지를 끌어당기는 열기
바람 한 조각의 그리움조차
구슬땀으로 치열하다

짙어가는 한여름의 멜로디에
무성한 푸름도 땀으로 파도를 타고
풋열매는 단맛으로 익어가며
만삭의 꿈을 준비하고 있다

천진한 풀벌레의 울음소리도
열기의 몸살을 잠재우며
여름밤의 서정을 한 올씩 풀어놓고

한 줌 한 줌 모인 햇볕으로
살쪄가는 7월의 풍경소리
개망초의 숨소리에서도
폭염에 높은음자리표를 그린다.

작은 촛불 하나

또 한 해가 가며
시간의 벽을 뚫고
뇌리 속에 던져진 나의 잔상들

허공 속 어딘가에 흩어져 있다가
찬바람이 일렁이고 나서야
하나씩 하나씩 꿈틀거린다

만남과 헤어짐의 망각의 조각들
하나하나 주워 모아 꿰매어 보면

산고를 치르는 진통처럼
깊은 파도를 삼킬 듯 고요를 가르며
만감이 빈 가슴 들락거리고

늦가을의 이슬처럼 사라진 그리움들
작은 촛불 하나 가슴에 켜놓은 채
묵묵히 회상해 본다.

3부

그리움이 담긴
수채화

주름진 시간 속에
빈 들판의 쓸쓸한 허수아비가 되어
그날의 그리움은 바람을 타고
나는 늦가을 호수를 건넌다.

뿌리의 부활

봄은
흙의 부활이다

봄바람이 얼었던 대지에
몇 겹의 산을 넘어
아지랑이를 피우고

깜깜한 어둠 속에서 흙을 밀치며
씨앗들의 굳은살을 털어주고 있다

봄의 음표를 그리듯
잠들었던 뿌리는 봄의 빛깔을 입히며
흙속의 새 생명이 부활한다

무색의 그림자만 남은
연둣빛 나의 꿈도
다시 봄의 부활을 꿈꾼다.

봄은 수채화다

생의 화려한 절정에
꽃별의 비명처럼
흐드러진 벚꽃
봄의 수채화다

길게 늘어져 있던 그리움
빗장에 물꼬라도 터진 듯
잠시 생을 벗어놓고
쏟아져 나온 상춘객들의 환호성

벚꽃에 물든 가슴
깊게 가라앉았던 영혼을
웃음으로 채우고

지금 봄은
지상에 쏟아붓는 찰나의 생을
사랑의 불꽃으로 뜨겁게 달군다.

오월의 이별 앞에

오월의 수채화는
시간의 굴레를 뛰어넘어
지난 계절로 향하는데

향기 푸르렀던 신록 잔치는
그녀의 뜰에 서성이며
떠날 줄을 모른다

생은 어차피
만남과 이별인데

가슴속 그리움의 무게는
시간 속에 허우적거리며
쌓여만 가고

풋풋했던 사랑의 그림자는
오월의 무대를 걷어내며
짙푸른 녹음파도에 떠밀리고 있다.

실비 내리는 날

하얀 실 풀어 내린 실비
가시 달린 장미도 넝쿨에
그리움이 구른다

긴 터널을 지나며
발자국에 묻어있는
실비만큼이나 숱한 이야기

회색빛의 실루엣은 생의 시간 속에
단단해진 마른 가지의 마디를
푸름의 체온으로 갈아놓는다

하루하루 늘어나는 나이테에
짙게 드리운 푸른 그림자는
실비 따라 흐르고

그 자리에 머무는 그 흔적들
가슴에 한 장 한 장 그려서
차곡차곡 쌓아둔다.

삭혀진 그리움

지난밤
바람의 울음소리는
눈꽃을 피우기 위한
태초의 언어였나

노란 은행잎 융단에 깔아놓은 눈꽃들
아무도 가지 않은 길에
첫 발자국을 찍어본다

함박눈은
가슴에 겹겹이 쌓이고
또 다른 눈꽃들을 피우며

첫눈 오면
만나자 하던 친구들
오래 삭혀진 발자국들

첫눈은 망각의 문을 열고
놓아버렸던 하얀 그리움으로
다시 피어난다.

언어의 무게

시끌벅적한 언어들이 채워놨던 내 삶
흰 서리에 젖은 잠자리의 날개처럼
고요 속에 축 늘어져 있다.

이젠 무거운 옷을 벗어버리고
하얀 종이 위에 자유로운 삶을 그려 본다

새로이 잉태된 시간의 여백 속에
잔잔한 곡조로 삶의 결을 다듬으며
무색의 햇살로 담아본다

풋내 가득한 봄날처럼
내 마음의 빈 공간을
연둣빛으로 가득 채우고

언어의 무게로
시끌벅적한 삶의 무게로
매달려 있던 나를 놓아주련다.

주름진 흑백사진

온통 은빛 속에 갇혀있는 새벽
허공을 퍼덕이는 눈은
하얀 목숨을 내려놓는다

긴 생을 이어가며
나무마다 적막의 꽃을 피우고
주름진 시간 속에 웅크리고 있던 기억들

붉은 불씨처럼 살아나
이유 없이 펼쳐진 하얀 종이 위에
눈이 슬어놓은
발자국으로 찍어놓기도 한다

눈덩이를 만들며
눈싸움했던 흑백사진들
구부러진 무대를 펼쳐놓으며

오늘처럼 눈이 내리는 날엔
연두를 그리워하지 않아도
희미해진 눈의 영혼들은

내 마음속에 눈꽃이 되어
톡 톡
빛바랜 그림자를 허물고 있다.

물거울

양재천 개울 물소리 들으며
징검다리를 걷는다

한 발짝 한 발짝
디딜 때마다
쉼 없이 흘러가는 시간

덧없는 세월의 고독 속에
물거울에 비친 내 모습

지나버린 한 세상이
여운만 남긴 채
보일 듯 보이지 않고

낯선 내 생은 긴 터널 끝에서
저 징검다리 건너면
찬란한 빛은 언제 다시 오려나.

그리움은 빈 허물이다

4월의 햇살에
익어가던 축제는

봄이 내리는 꽃비에
가슴 설레던
침묵의 시간으로 바뀌고

열정을 불사르던
화사한 꽃잎도

이제는 시간의 물음표를 찍고
순간만을 간직한 채

다음 시간을 기약하며
떠날 준비를 한다

꽃비에 젖어 타오르던 사랑
그리움의 빈 허물로 피어난다.

2022년 8월의 폭우

115년 만에 내린
그날 밤의 폭우는
허기진 사자의 광기처럼
영혼까지도 삼켜버린
공포의 시간

수마에 휘둘린 둥지는
한숨 소리만 둥둥 떠다녔다

초록빛 그늘을 내어주던
꼿꼿한 느티나무도,
몸을 가누지 못하고 있다

하룻밤의 폭우에 무너진
조각난 흔적들
상처 난 뻘로 질퍽대는
어둠의 터널도
언젠가는 지나가리라.

자화상 그리기

하늘 한켠에 있는
우물 속을 들여다본다

허리를 굽혀 들여다보니
똑같은 얼굴이 또 하나 있다

때로는 봄빛처럼 연한 모습
때로는 봄꽃처럼 수줍은 모습
때로는 봄비처럼 우울한 모습도

삼월의 구름 위에 올려놓고
꽃잎도 입혀보고 잎새도 띄워보며
나를 멋지게 그려본다

우물에 그려 넣는 자화상 그리기
화선지나 연필은 필요 없다

일상에 찌든 주름살 모두 걷어낸 자화상
마알간 우물 속엔 웃음꽃이 활짝 피었다.

보릿고개

흙 속의 생명들 살아나고
푸르름은 눈부시게 빛나는데

논길 끝에 있는 보리밭
보릿고개를 넘으며
동행의 곡선이 넘실거리던
거뭇한 기억들

흐드러진 아카시아꽃
쏟아질 듯 흔들거리면
수북이 퍼 올린 쌀밥이
아른거렸다는 그 시절 이야기

길게 늘어진 부모님의 그림자는
풍요로운 오월 속에
보릿고개로 누워있다.

홍천강에 발을 담그고

숲은 초록 언어를 토해내며
은빛 강을 흘러간다

채색된 시간은
산 따라 물 따라 흐르고
햇살마저 초록으로 누우면
내 곁에 맴도는 고향의 그리움들

초록 비에 노래를 쌓고
푸른 지느러미를 보듬는
홍천강의 탁 트인 풍광

강물에 발 담그고
닳아져 가는
회색 그림자의 여백을 채색하며

일상에 찌든 마음
소용돌이 아래로 가라앉힌다.

비상구에 갇힌 영혼

내 꿈은 품을수록 해초처럼 흔들리고
가슴은 늘 허기져 있었다

동트는 새벽을 열고
스러지는 햇살을 붙잡아 두고 싶었던
버거운 욕망이 낯선 길목에 서성일 때면

나를 버리고 나를 이기려는
큰 꿈을 품기도 했었다

숱한 별들은 여전히 빛나고 있는데
꿈틀거렸던 시절은 한 줌의 재가 되어
고요 속에 잠들어 버리고

비상구 안에 갇힌 빈 영혼은
메마른 들판에서 침묵하다가

새싹이 움틀 때면 되살아나
쉼 없는 숨 고르기를 하고 있다.

옥녀봉 가는 길

부슬비가 내리는
청계산 옥녀봉 가는 길

초목들은 남실남실
초록 숲으로 물들이고
비에 젖은 초록 숲은
줄기마다 초록 사랑이다

산 그림자도 밤이 되면
스스로 어둠이 되듯
철쭉이 지고 난 능선 길은
무성한 숲이 되었다

오르막 내리막 수없이 걸었던 길
이젠 나이의 신발도 닳아져

소음 속 일상을 탈피하며 동행하는 부슬비
내가 꿈꾸었던 초록 모래성은 허물어지고
동분서주했던 아련한 옛 시간은
흘러가고 있다.

북한강변 카페에서

아메리카노 한 잔이
물안개 앉은 은빛 강물에
나를 띄운다

빗줄기가 끌어올린 흙 내음
푸른 바람도
숨소리를 삼키며
커피 향을 조각내고

지난날의
숱한 상념들은 허공을 날며
커피 향에 빠져있던 쾌활한
그 얼굴이 커피잔 속에 어린다

녹음이 부서져 내리는
비 개인 숲 속
해맑게 웃는 들꽃을 본다.

그리움이 담긴 수채화

고요를 꿈꾸며
늦가을을 출렁이는 대청호

구름의 그림들도 호수에 누워
가을 색을 짙게 물들이며
사랑의 수채화를 그려나간다

붉은 낙엽이 두툼하게 덮인 호반 길엔
단풍보다 더 붉게 탔던
내 젊음의 열정으로

안전화를 신고 오가던 발소리
겹겹이 굳어있는 지난날은

주름진 시간 속에
빈 들판의 쓸쓸한 허수아비가 되어
그날의 그리움은 바람을 타고
나는 늦가을 호수를 건넌다.

종려나무

잊혀가는 종려나무
한낮의 햇살이 여린 잎새에
지치도록 반짝이는 여울목

잉어 떼들이 4월의 향기 따라
처절한 자신과의 사투 없이도
평화를 질펀하게 누리고 있는
전혀 왜곡되지 않은 자연

오늘도 발이 저리도록 오가며
그대로의 모습에 푹 빠져버린다

낮은 곳에서 겸손한 행차로
십자가에 이를 때, 종려나무를 흔들며
호산나를 외쳤던 그 모습들

떡을 떼며 사랑을 나누던 그때의 색깔은
빛바래어 원래의 품위가 다시
회복되지 않은 길목에서

낯선 허무와 이기의 충만한 세상은
상처투성이가 되어 거리를 누빈다.

시간을 담은 계절

계절은 옷을 갈아입고
우리 곁에 머무는데
지나간 시간은
어디에도 보이지 않는다

주저함도 없이
뒤돌아봄도 없이
떠나면
다시는 돌아오지 않는 시간

순간의 마디는
작은 파장의 몸부림에
돌이킬 수 없는 흔적만 남긴 채

계절은 구름 한 조각의
수많은 이야기보따리에
오늘을 또 주워 담으며

내 망상은 침묵하며
저만치 흘러가고 있다.

낡은 그림자

푸른 계절에 춤을 추었던 나뭇잎
종일 내리는 가을비에 서서히
붉게 물든다

지난 흑백사진 속에
넣어 두었던 옛 친구들도
갈바람에 불그스레 미소 짓는다

진한 그리움을 한 아름 담은
회색빛 둥지를 튼 고향 친구들

가을비를 흠뻑 맞으며 함께 뛰기도 하고
술래잡기도 했던 낡은 그림자들
그 기억을 돛단배에 실어 띄워보기도 한다

오랫동안 고향을 떠난 뒤
가끔 목소리만 들을 뿐
삶이 영글어 갈수록 낡은 그림자가 되어간다.

채영, 채아

내 사랑스러운 둥지의 주인공은
노란 작은 꽃송이처럼
설렘으로 뜨겁게 달구는 채영, 채아

가슴 한복판을 쿵쾅거리며
내 깊은 심장에 한 움큼 둥지를 틀었다

귀엽고 초롱초롱한 눈망울
영혼마저도 녹여버릴 듯
깊은 사랑향기 다복하게 쌓아놓은
우주의 별들 중 유난히 빛나는
두 개의 별이다

아장아장 걷다가도 깡충깡충 뛰며
천진난만하게 노는 모습 달달한 환희가 터진다

아직 설익은 언어에 물오른
해맑은 햇살 같은 꿈동산의 쌍둥이 외손녀
언제부터인가
내 삶의 사랑스러운 둥지의 주인공이 되었다.

낙엽 연가

바람서리 적신 낙엽은
절망의 늪이 아니다
늦가을 내리는 밤비에
색색의 나뭇잎 떨구는 소리다

저리도 구슬프게 들리는 것은
낙엽의 허한 영혼이다
사랑도 열광도 그림자를 층층이 지우며
무수한 발자국을 견뎌야 한다

한 생을 나고 지는 것은
찬란했던 시간의 전부를 내려놓는 것이다

낙엽도 묵은 그림자를 허물며
한낮 꿈으로 남기도 하지만

흙의 가슴이 데워지면
깊은 곳 어둠 속에 뿌리를 내리며
계절을 당기고
갈 빛은 그리움으로 다시 태어날 것이다.

칠면초 갯벌

해마다 칠면조처럼 옷을 갈아입는
칠면초의 노을 진 갯벌

차가운 어둠을 견디며
긴 세월이 만들어 놓은 흔적이다

뱃고동 노래에 취해
흐드러진 붉은 물결은

갇혀있던 기억을 더듬는 듯
물러나 있는 회색빛 시간을
뿌려놓는다

저물어가는 노을에
밝음과 어둠이 굴곡진 사연들

조각 진 퍼즐을 끌어안고
지난날 연둣빛 젊음을 뒤척인다.

빛바랜 시간 속에서

마지막 한 장 남은 달력
한 해의 노을에 타는
무수한 이야기가
고여 있는 흔적들

환희와 허무함을
뜨거운 심장으로 포옹하며

마지막 한 장 남은 달력 속에
올해 남은 꿈들을
시의 씨앗으로 채워본다

늘 삶의 소리는 내 곁에서
붉은 파장으로 울리고

내 진홍빛 사랑은
가슴에 쌓인 연륜으로
한 해의 빛바랜 시간 자락에
아쉬운 내 삶의 문장을 묻는다.

4부

시인의 사색

삶의 그물 속에서 쓰러지는 햇살을
붙잡으려 허우적거릴 때면
깊어져 가는 시인의 사색은
신이 내려준 생의 축복인가 보다.

가을을 걸러낸다

새 생명을 피우기에
환각의 뿌리를 내밀었던 시간의 몸부림
채색되어 가는 시월은 깊어만 간다

가을을 접은 그리움, 한 가슴 품은 채
앙상한 시간을 내려놓으며
머무를 곳을 찾아 나선다

걸러낸 화려한 빛살에
휩싸인 눈빛들이 멈추지 않았던
삶의 한때를 건너며
잃어버린 텅 빈 바람의 포로가 된다

마른 계절을 거역할 수 없어
쓸쓸히 허공을 맴돌다
흙길에 무심히 드러눕는 낙엽
시간의 태엽을 감는다

갈바람은 푸른빛 청청했던 생의 조각들을
붉은 목소리의 고랑 속에 실어 나른다.

봄의 여자

빈 가지 앙상한 채
시린 늑골을 견디어 온
연분홍 여자

침묵하던 겨울 산도
어두운 그림자를 걷어내고
연분홍빛으로
찬란한 봄을 열었다

세상 근심 떨쳐버리고
생명의 부활에
활활 타고 있는 봄의 여자

얼마만의 환희인가

봄빛은 산등성의 허리를 감아쥐고
연분홍 꽃봉오리를 톡 톡 터트리며
4월의 무대를 펼쳐 보인다.

시인의 사색

동틀 무렵 고요가 누워있는 산책길
시인이 사색하며 걸으면
계절 따라 차곡차곡 쌓아놓은
말 없는 대지의 열정이 침묵으로 반긴다

아침햇살이 목마름을 견디며
푸르름을 한 폭의 그림으로 채색하다가도

노을이 영글면
양재천은 푸른 울음을 터트리며
한 열매가 당당하게 여물어간다

온갖 생명들이 하루의 귀퉁이에서
아가미를 뻐끔거리며
삶의 그물 속에서 쓰러지는 햇살을
붙잡으려 허우적거릴 때면

깊어져 가는 시인의 사색은
신이 내려준 축복인가 보다.

계절의 질서

입춘이 지나고 몇 겹의 시간에도
매서운 추위는 물러설 줄 모르고

색칠하지 않아도 물오른 은빛은
오는 절기를 막을 수가 없나 보다

앞지르지 않는 계절의 순리에
꽃은 묵묵히 질서를 기다린다

하루를 허무는 영혼 없는 사람
욕망의 가시에 잿빛 상처를 떠안기도 한다

2월의 한파가 길을 막아도
계절의 나이테 속에서
봄은 꿈틀거리며 몸집을 드러내고 있다.

3월의 노트

호숫가 등에 사철 푸른 대나무 숲
실타래같이 엉킨 뿌리
봄의 태동을 느끼며

오월의 푸름으로 달려가는
앙상한 대나무 심장의 몸부림

무거웠던 사유들을 다 내려놓고
푸른 그늘을 드리운다

3월의 훈풍에 사색이 깊어지면
메마른 자리에 연둣빛 그리움이 피어나고

호숫가 긴 그림자의 꼬리에
맥박소리 요란한 푸른 전설을 남긴다.

대나무 마디마디 이어가는 시간
숨소리 가쁘게 내쉬며
3월의 노트에 설렘의 편지로 채워간다.

사월의 이별 여행

사월을 불사르던 꽃잎
파열의 물음표를 찍고
이별을 시작한다

햇살에 익어가던 사월의 축제
꽃비를 내려놓는 침묵의 시간

끝없는 사랑은 꺼질 줄 모른 채
그대 향한 그리움은
이제 빈 허물로 남아있어

짙어져 가는 녹색 위에
꽃비에 젖은 이별의 아쉬움은
황홀한 꿈을 접어간다

시린 내 마음은
봄을 떠나보내는 연둣빛 숲 속에
꽃비에 젖어 허물어져 가는 그리움조차
날려 보내야 한다.

단양 고수동굴에서

오억 년의 시간이 만든 고수동굴
사방을 둘러봐도 기기 미묘한
지하 궁전이다

한 방울 한 방울 떨어지는 물방울로
깊숙이 내려뜨린 물의 뿌리
얼굴 없는 시간의 주검처럼
어둠 속에 침묵으로 피워낸 동굴 석화

촉을 세우며
동굴을 지켜온 박쥐의 전설은
멈춰있던 시간에 삶의 햇살을 비추고

우주 한 귀퉁이에 무심히 남겨진
거대한 자연의 흔적은
긴 시간을 붙들어 놓은 채

동굴 속 긴 터널만큼이나
심장 활활 타는 신비로운
여운을 남긴다.

꽃비 내리던 날

꽃비가 옆구리를 스치며
봄의 보따리를 건네준다

손을 내밀어 풀어보니
잊고 지냈던 옛날이
허공을 더듬으며 날개를 펴고

향기로운 꽃비가 기억을 얹어주며
주름진 시간의 퍼즐이 이어진다

뒷동산을 헤매며 찔레순 꺾던
어린 시절의 그리움이 담겨있는
시린 얼룩

서울로 전학 간 줄만 알았던 친구
지금쯤 별빛 속에서도
찔레순을 꺾고 있을까

시린 봄의 보따리를 풀어본다.

생은 마침표를 찍고

바람은 청계산에 초록 문을
활짝 열어놓는다

용광로처럼 찌는 더운 날엔
숲 속의 싱그러운 쉼터가 되고
땀을 식혀주는 풍차가 되기도 한다

갈잎은 무수한 흔들림을 견디며
허공에 발자국을 남긴 채
스산한 겨울날 긴 그림자의 마침표를 찍고

까칠해진 낙엽이 흙길에 뒹굴 때
바람도 슬픔을 감추고
앙상한 나목을 어루만지며
고독한 명상에 빠진다

낙엽이 비워놓은 홀가분한 나목
이제 새로운 설렘으로
고요한 초록의 꿈을 꾸며
정적 속에 잠들어 있다.

연둣빛 봄 햇살

눈꽃 떠난 빈 나뭇가지에
들락거리는 햇살 따라
연둣빛은 모습을 드러내고

꿈틀거리는 땅 깊은 뿌리에
천지를 울리는 생명의 속삭임
길게 머문 한낮의 햇살에
서서히 봄을 영글게 한다

여인의 목에 두른 머플러에도
부드러운 훈풍에 하늘거리며
봄노래에 장단 맞추고

연둣빛 햇살로
겨울의 무거운 그림자를 지우며
봄의 숨결은 소리 없이
그렇게 오나 보다.

물왕 호수에서

분홍빛 햇살이 호수에 투신하여
눈이 부시도록 일렁이는 분홍 물결

허공을 덮은 벚꽃은 둑길을 밝히고
봄의 심장 속까지 들락거린다

겨우내 뭉쳐있던 응어리 터져 나오고
메말랐던 영혼을 촉촉이 적시며

긴 어둠의 터널 속에서
시린 발로 한겨울을 버텨내던
생명의 몸부림

벚꽃은 승리의 깃발 흔들며
연분홍 언어들을 마구 쏟아낸다

물왕 호수에 환생한 생명의 벚꽃
오늘 하루를 꽉 채웠던 내 몸도
호수에 띄운다.

여자의 그림자

작은 골목길에 비스듬히
누워있는 그림자
여자를 따라 웃는다

여자가 울면 그림자도 울고
여자가 외로워하면 그림자도
외로워 한다

여자의 몸짓 따라
소리 없이 동행하며
외진 비명처럼 서럽진 않았을까

고운 목련의 자태이길 바랄 뿐
여자가 만든 생의 길 어찌 탓하랴

바다처럼 눕고 싶은 여자의 그림자
심장이 뛰는 초상화처럼
허공에 쌓이는 꿈의 조각들을
오늘은 어떻게 그려질까.

그 여자의 계단

그 여자는 숨이 차도록
층층 삶의 계단을 올랐다

어려운 장애물에 부딪히기도 했고
신발을 벗어들고 가파른 길을
오르기도 하였다

어느 때인가는 단단한 벽도
가르며 질주하였다

첫 계단을 밟고 오르던 길은
끝도 보이지 않는 먼 길의 시작이었고

허방의 통증에 소리를 지르던
시간의 수레바퀴 삶을
계단의 저음으로 가라앉힌다

지금 그 여자는 삶의 층계에 쌓인
짙은 그림자를 보며
긴 한숨을 내쉬고 있다.

비네소골에서

고인 메아리가 푸르름으로 만삭인
백덕산 아래 비네소골

발자국의 무늬들이 바람 소리에 귀를 대면
와글거리던 머릿속은 잔잔해지고
솔향은 어느새 코끝에 와 닿는다

여백의 한 페이지는 또 다른 세상에 머문 듯
마음은 하늘을 날고 빛을 아우르며 숲을 조인다

산골의 어둠을 가르는 친구들의 해맑은 웃음소리
하얀 숯불 향 내음 타고 허공에 포말을 그리며

잉태한 뿌리의 그물
하루 분량의 숲에 흥건히 적시니
불타는 비네소골의 심장도
깊은 푸르름 속에 갇혀버렸다.

화진포에서

수평선에 미끄러지는 따가운 햇살
파도에 이끌려 잘게 부서지고
찜통더위마저 꿀꺽꿀꺽 삼켜버린
화진포 해수욕장

눈이 시리도록 파란 바닷물이
은빛 모래밭 들락거리며
하얗게 부서지는 포말

몽환적 낭만을 누리며
티끌 하나 없는
하얀 인어공주가 되어

동승해 있던 부질없는 욕망의
빈 껍질 모두 깨뜨려 버리고
소리 한번 크게 질러본다

철썩거리는 파도 속에
추억 한 조각 담았다.

제부도 가는 하늘길

거친 파도의 울음이
밀물 속으로 파고들 때
모세의 기적처럼 열리던
신비의 바닷길

창공을 가르는 케이블카를 타고
하늘길을 질주하다 보면

추억은 연민의 그림자가 되어버린 채
물빛에 젖은 내 가슴에 뜨겁게 흐른다

발아래 피안의 겨울 낭만은
또 다른 꿈과 동행하며

케이블카는 그리움을 가득 싣고
얼어붙은 겨울 바다에 곡예를 부리며

온몸을 노을에 붉게 태운 채
나의 사랑을 허공에 풀어 놓는다.

새벽송의 추억

샛별이 즈음하면
교우들과 천사가 되어 새벽송을 불렀다

한마음 되어 온 동네 누빌 때
어둠은 둥둥 떠다니고
창은 환하게 불을 켜며
건네주던 사랑 가득한 선물들

밤을 꼬박 새우며 시간은 익어가고
목소리는 쉬었어도
하얀 성탄은 마음을 뜨겁게 달구었다

자루마다 가득 채운 선물꾸러미
산타가 되어 이웃에 나누어 줄 때
하얀 안개는 새벽의 행복을 피웠다

가라앉은 기억들, 지금도
성탄절이 올 때면 아련한 그림자가 넘실대고
내 영혼은 새벽송을 부르며 온 동네 누빈다.

백마강에서

푸른 물살 가르는 백마강
천년 너머 그림자를 품은
백제의 혼이 넘실거리고

고요 속에 잠든 사비성 절벽
성충 홍수 계백도 푸른 전투 복장으로
한 치의 틈도 없이 백제를 지키려는 듯

긴 세월 씻겼어도
상처의 흔적이 머무는
천년바위 낙화암

먼 이야기 속 여인들의 전설이
허공에 아롱거리고

강물에 몸을 던진 쓸쓸한 운명의
이글거리는 가슴을 기억하며
상처의 노을은 낙화암 바위에
살아있었다.

오후 5시의 여자

노을은 오후 5시의 여자다

해 질 무렵 저 멀리 내려앉아
고요를 즐기는
또다시 몸을 숨기는 여자

앞만 보며 뒤돌아볼 줄도 모른 채
바람 한 조각도 지나가지 못하고
저만치서 머물러 있다

이젠 푸르렀던 젊은 날의 기억도 잃어버리고
사랑의 열정도 시들어
스스로 쇠락해가는 육체의 시간만 쌓이는데

그 여자는 허허로운 들판에서
멀어진 그림자의 잔영에
오후 5시의 여자가 되어
하늘의 길목을 지키고 있다.

그렇게 또 하루가 지나간다

즐비하게 늘어진 차량 행렬
쉼표 없는 도전은
출근 전쟁으로 시작된다

낯설고 분주한 터널 끝에서
반쯤의 꿈을 이루려
승부를 겨루고

쏜살같이 퍼덕거리며
주름진 하루를 뚫고 간다

해 질 녘 스러지는 햇살을 잡고
밀물 속에서 치열하게 허둥대는
짐 진 자들의 뒷모습

나는 먼발치에서
살며시 토닥거리며
하루를 거둔다.

겨울 나목

강가를 거니는 나의 옷깃에
초겨울 바람이 스며들며
계절의 한 자락은
침묵하다 슬그머니 떠나간다

고운 잎 울창했던 가로수도
두툼하던 계절 옷을
한 겹 두 겹 훨훨 벗어버리고

겨울 나목이 되어
우듬지를 치켜세우며 저 너머
세상을 날아다니듯

집안을 꽉 채우며 재잘거리던
내 새끼들이 장성하여
제 짝 찾아 떠날 때
느껴지던 허전한 내 마음도

그리움을 묵묵히 견디며
겨울 나목이 되어 허공을 맴돈다.

구부러진 시간

설화 속 하얀 융단을 깔아
세상의 허물을 묻고
어제의 흔적도 묻는다

그리움만 덩그러니 걸려있는 나뭇가지
단풍 진 자리엔 배꽃이 피고
겨울 나목엔 크리스마스트리가 피고

나비의 몸짓으로
내 마음에도 피어난다

하얗게 깔아놓은 융단 위
흔들리는 마음 움켜쥐며
내 가슴에 촛불 하나 켜고

구부러진 시간
마음을 빼앗긴
순백의 벌판에 방생하여
저 너머의 세상을 날아보리라.

늦가을 여자

마지막 처절한 몸짓으로
황금을 깔았던 은행나무 길

발자국을 옮길 때마다
사각사각 늦가을이 지던 소리
지금도 들리는 듯
수많은 발자국은 감탄사를 연발하며
그 길을 걸었으리

지금은 온기 없는 거리에
늦가을 여자는 쓸쓸히 숨소리만 내뱉고
해 질 녘 노을을 먹은 붉은 그리움에
시린 얼굴을 감싸 안는다

화려했던 젊음
기세등등했던 중년 시절마저
노을빛 붉은 그리움을 품고
빛바랜 젊은 날의 흔적을 더듬으며
그녀는 늦가을 은행나무 길을 걸어간다.

시린 흔적들

찬바람만 휘감아 도는 들녘은
순백의 눈밭으로 덮였다

겨울새의 휘파람 소리
사람들의 수군거리는 소리를 들으며
겨울 들녘에 서 있는 눈사람

차디찬 그림자만이 숨을 죽이고
꽁꽁 얼어붙은 몸은 요동하지도 못한 채
온몸에 칼바람을 맞으며 침묵하고 서 있다

깊은 시름을 토해내지도 못한 채
눈꽃 같은 햇살을 그리워하며
시린 흔적들은 온몸에 꽁꽁 묶이고

부질없는 꿈은 뿌리 없는 서리꽃처럼
한겨울 노을이 저물면
영혼도 없이 흔적만 남는다.

수필

인생은 바람처럼 한번 지나가면 그리울 뿐이다.
가끔은 그 시절 함께했던 친구들과 안부를 나누기도 한다.
편안하고 든든한 친구들이다.
느티나무처럼 아름다운 꽃을 피우며 살아갈 수 있으면 좋겠다.

황포돛배 타고 백제 여행

　백마강에서 황포돛배 타고 과거로 여행을 떠난다. 강물 따라 역사를 거슬러 올라가는 역주행, 얼마나 멋있는 낭만 여행인가? 따사로운 햇살을 맞으며 천오백 년 전 백제 수도 부여로 여행을 떠났다. 부여는 작은 도시지만, 백제의 흔적이 남아있는 많은 역사를 담고 있는 곳이다.

　부여에 도착하자마자 백마강 구두레 선착장에서, 역사를 역주행하는 황포돛배를 탔다. 백마강은 백제의 제일 큰 강이라는 의미가 담겨있다. 백마강의 물살을 유유자적 가르며, 백제 시대로 달려가는 나의 모습을 보니 신선이 따로 없다. 시원한 강바람이 보드랍게 얼굴을 스친다. 강바람에 풀내음은 코끝을 찌르며 어릴 적 추억으로 가슴을 가득 채운다.

　우암 송시열이 썼다는 "낙화암"이라는 글자는 가파른 절벽에 붉은 글씨로 덧칠해져 눈에 확 띈다. 그대로 지나치기에는 너무 아까워, 낙화암에서 내려 낙화암 아래 궁녀들의 혼을 추모하기 위해 지었다는 백마강 절벽에 있는 천년 고찰 고란사로 갔다. "마시면 3년 젊어진다"는 약수를 세 바가지 떠서 마셨다. 글귀대로 내가 이제 9년은 젊어진 것 같다.

　고란사는 낙화암에서 떨어져 죽음으로, 충절을 지킨

백제의 궁녀들을 추모하기 위해서 지어진 고귀한 절이라고 한다. 그래서인지 오늘따라 고란사 종소리가 더욱 구슬프게 들리는 것 같다. 전망 좋은 백화정에서 잠시 땀을 식히며 삼천궁녀가 충절을 지키기 위해, 뛰어내렸다는 전설을 생각해 보았다. "나도 충절을 위해 강물에 몸을 던질 수 있을까?" 나라를 걱정하는 야릇한 생각이 머릿속을 스쳐 지나간다. 자세히 살펴보니 부소산성에 서 있는 나무들도, 백제를 지키려는 장군들의 용감한 모습으로 변해 보인다.

백제의 마지막 왕 의자왕은 왕이 되기 전부터 효성이 깊고 형제간의 우애도 무척 좋았단다. 즉위 초에는 나라를 개혁하고 영토를 넓히는데, 열정을 바쳤다. 나라가 외적으로 안정권에 들어서자, 의자왕은 궁녀들과 주색잡기에 빠지고 향락과 사치를 즐겼다. 그러다 보니 충신의 간언도 무시하고 국정을 돌보는 것을 소홀히 하게 되었다. 이러한 틈을 노린 신라와 당나라 연합군이 쳐들어오는 것을 막지 못했고, 백제는 수도 사비성을 빼앗기고 말았다. 660년 여름에 사비성에서 백제의 항복식이 치러지고, 백제라는 이름은 역사의 허공 속으로 사라져 버렸다.

의자왕 하면 삼천궁녀가 늘 조사처럼 따라붙는다. 인간사 그러하듯 승자는 충신이 되고, 패자는 역적이 된다고 하지 않았던가. 이렇게 황포돛배를 타고 백제시대에 거슬러 올라가 숱한 이야기들을 상상하며, 백제인이 되어보니 많은 것을 생각하게 한다.

"역사는 승자의 기록이라 했던가?"

의자왕의 주색잡기 정말 진실일까 하는 의문이 들기도 한다. 황포돛배를 타고 백제시대로 거슬러 갔다. 백제 인이 되어서 숱한 이야기들을 되살려보고 상상하는 의미 있는 하루를 보낸 것 같다. 그리고 과거 백제를 보며 역사는 승자의 기록이라는 것을 다시한번 실감하게 되었다.

느티나무 고목

오늘도 양재천 산책길을 걷는다. 잘 정비된 도심하천으로 산책하기에 좋은 곳이다. 양재천은 계절마다 멋진 경치를 선물한다. 봄에는 늘어진 수양벚꽃, 여름에는 화사한 백일홍, 가을에는 누렇게 익은 벼, 겨울에는 눈꽃 핀 나목이다.

양재천 산책길에는 줄기에 깊은 주름이 패인 고목들이 많다. 나도 머지않아 저 고목처럼 되지 않을까 하는 생각에 가슴이 덜컹 내려앉기도 한다. 양재천에 많은 나무가 있다. 그중에 느티나무 고목 한 그루가 눈에 띈다. 그 나무에는 유독 까치가 많이 앉아있어 나는 까치 느티나무라고 부른다. 내가 나무에 다가서면 까치들은 깍깍 노래를 부른다. 오늘따라 더 크게 노래를 부른다.

그 고목은 어릴 적 마을 어귀에 버티고 서 있던 느티나무와 빼닮았다. 해가 갈수록 몸통에 골이 늘어나고 깊게 패인다. 완전한 노년의 모습이다. 산책하면서 그 나무 아래에서 잠시 쉬기도 한다. 오늘따라 친근감이 더 들고 새록새록 향수에 빠져든다.

고향에 있는 느티나무 뒤쪽에 방죽이 있었다. 물이 풍부해서 그런지 그 주변엔 오래된 나무들이 많아 숲을 이루고 있었다. 그 고목은 가지는 한두 개뿐인데 몸통은 굵었다. 그곳에서 술래잡기하면 아이들 2명이 숨어있어도 보이지 않을 정도였다. 여름에는 나무 그늘에서 매미 소리 들으며 친구들과 공기놀이를 하였다. 매미, 잠자리, 방아깨비, 사마귀도 잡으며 곤충채집도 하였다. 밤하늘에 별이 쏟아질 듯 별꽃이 총총히 피어있는 모습은 나무에 별꽃이 핀 것처럼 보이기도 하였다. 겨울엔 방죽은 그대로 썰매장이 되었다.

동네 어른들은 느티나무 아래 평상에서 낮잠을 자거나 감자나 옥수수를 삶아 함께 먹으며 정을 나누었다. 이웃들은 가족들 같아 서로 집안 사정을 잘 알고 지냈다. 지금은 대부분 세상을 떠났다. 그때에 술래잡기하던 아이들도 이젠 고목이 되어가고 있을 것이다. 옛 고향은 지금 도시화 되어 현대식 건물과 주택들이 줄지어 들어섰다. 느티나무 고목은 흔적도 없이 사라지고 추억만 내 가슴에 남아있을 뿐이다.

양재천 느티나무 껍질에는 옹이가 박혀있었다. 긴 세월 온갖 풍파를 견디며 극복한 흔적이다. 양재천을 걸으며 그 느티나무를 만날 때면 몸통을 어루만져 본다. 거칠고 울퉁불퉁하다. 어머니의 손도 그러했다. 어머니는 가슴속에 옹이를 박은 채 평생 자식의 그늘이 되어주었다. 어머니도 느티나무처럼 풋내 나는 청춘이 있었으리라.

인생은 바람처럼 한번 지나가면 그리울 뿐이다. 가끔은 그 시절 함께했던 친구들과 안부를 나누기도 한다. 편안하고 든든한 친구들이다. 느티나무처럼 아름다운 꽃을 피우며 살아갈 수 있으면 좋겠다.

갈릴리호수 성지순례

인천공항은 여행객들로 물샐틈없이 북적거리고 있었다. 그동안 코로나로 발이 묶였던 사람들이 모두 뛰쳐나온 것 같았다. 하기야 내가 가는 이스라엘 성지순례도 3년 전에 계획된 것이었는데 이제야 갈 수 있게 되었으니, 가슴이 벅차고 설레었다.

이스라엘의 텔아비브까지는 12시간 걸렸다. 좁은 비행기 좌석에 앉아 버티느라 허리도 아프고 오금이 저렸다. 더 이상 견디기 어렵다고 생각할 때쯤 이스라엘에 도착했다.

강원도와 비슷한 크기이고 인구는 800만 명 정도 된다. 유대교인이 인구의 80%를 차지한단다. 예루살렘 시내에는 허름한 집들이 밀집되어 있었다. 도시를 벗어나니 황량하고 척박한 광야가 펼쳐져 있었다. 지중해를 끼고 있어 맑은 에메랄드빛 물결이 출렁거렸다. 낭만이 느껴지고 내 몸도 물결 따라 함께 출렁이고 있었다.

이스라엘은 산 대부분이 민둥산이다. 산 밑에는 나무도 있고 꽃들도 피어있지만 올라갈수록 나무의 키는 작아지고 바위로 덮여있었다. 성지순례로 오는 것이지 관광여행으로는 매력이 없어 보였다.

갈릴리 호수에서 숙소를 잡고 이틀을 머물렀다. 이 호수는 어부였던 베드로가 물고기를 잡았던 곳이기도 하다. 안 잡혔던 고기가 그물이 찢어지도록 잡은 후 "시몬아 네가 이 사람들보다 나를 더 사랑하느냐"라며 예수가 베드로에게 질문한 2000년 전 이야기가 있다. 헤르몬산에 쌓여있던 눈이 녹아 갈릴리 호수로 흘러들어와 물고기들이 풍성하다고 한다. 호수 주변에는 호수와 관련된 역사적 스토리가 흘러넘친다.

갈릴리 호수는 전 세계 성지순례 객들이 많이 모여드는 잘 알려진 곳이다. 갈릴리 호숫가에 있는 베드로 수위권교회 안에는 식탁 바위가 잘 보존되어 있다. 예수가 부활을 증명하듯 물 위를 걷고, 제자들과 식사했다는 바위다.

예수는 서른 무렵 요단강으로 세례 요한을 찾아가 세례를 받았다. 그리고 본격적인 전도 활동에 나섰다. 십자가에 못 박히기까지 서너 해 동안 배경 무대로 빈번하게 등장하는 곳이 갈릴리 호수이다. 몸이 아픈 이들을 고치고 일어섰던 마을 가버나움, 빵 다섯 개와 물고기 두 마리로 오천 명 넘는 사람들을 먹였다는 신비의 장소도 갈릴리 호수 주변에 있다.

이른 아침 유서 깊은 갈릴리 호수를 배경으로 사진을 찍었다. 밀물처럼 모래밭에 밀려오는 물결을 지인에게 보내주었다. 해 질 녘 둥그렇게 떠오른 노을이 서서히 모습을 숨기는 장면은 신이 빚은 보석 같았다. 호수를 붉게 물들일 때 나는 노을 속에 빨려 들어가는 것 같았다. 예수가 본, 노을을 나도 보고 있다고 생각하니 감격스러웠다. 이 시점에 배를 타고 노을빛에 함께 물들며 예수의 사역에 대해, 젖어보는 것도 좋겠다는 생각을 했다. 호수 주변엔 물이 풍족하여 많은 사람이 살고 있었다. 이스라엘 식수의 70%는 갈릴리호수에서 공급된다고 한다.

이 호수엔 재미있는 물고기가 있었다. 베드로 물고기다. 돔과의 물고기인데 갈릴리 호수에서 수천 년간 서식해온 종류라고 한다. 베드로도 이 물고기를 잡았을 것으로 추정하여 그 이름을 붙였단다. 기름에 바삭하게 튀겨 레몬즙을 뿌리고 야채샐러드를 얹어 먹었다. 그런대로 내 식성에 맞았다. 예수가 예루살렘에 입성할 때 흔들었다는 종려나무 열매, 달콤한 대추야자도 여행 내내 먹었다.

이스라엘 성지 순례 길은 힘들었다. 오전 7시부터 강행군을 하면서 버스를 타고 성지로 이동해야 했다. 7시간의 시차도 있고 음식도 향이 국내와는 많이 달랐다. 첫날부터 체해서 순례길 내내 음식을 조심하며 지내기도 했다.

기독교 신자라면 성경을 실감하기 위해서라도 한 번쯤은 다녀오는 게 좋을 것 같다. 우리 일행 중에는 세 번째 방문한 사람도 있었다. 적어도 두 번은 다녀와야 기억에 남을 것 같다는 생각이 든다. 어쨌든 장님이 코끼리 만지는 격인 성경의 발자취를 확인해 본 셈이었다.

갈릴리 호수에서 배를 타고 일행과 선상 예배를 드리고 성찬식을 했던 추억이 아직도 생생하다. 태곳적 그 시절로 돌아간 듯 가슴이 뛰면서 스릴도 느꼈다. 경건

하게 세상을 끌어안고 넓고도 깊게 마음을 다스리며, 예
수님을 생각하며 남은 인생을 살리라 다짐해 본다.

추억의 대청호

대청호 호반의 벚꽃 길을 걸었다. 벚꽃은 지고 고요로 채워진 채, 연둣빛 이파리가 돋아나고 있었다. 수십 년 된 나무들이 이젠 고목이 되었다. 주위에는 울창한 산림과 높은 산이 긴 세월의 역사를 안고 꿋꿋하게 자리를 지켜온 모습이 경이롭다. 호반 길을 걷다 보니 젊은 날의 추억이 안개처럼 되살아났다.

대청호는 인공호수다. 금강 유역의 만성적인 홍수를 조절하고 유역 내의 인접 도시에 생활 및 공업용수를 공급한다. 이를 위해 가정에 수돗물로 공급되는 취수장과 정수장을 세웠다. 대청댐의 건설로 아름다운 대청호는 관광 명소가 되었고, 많은 관광객이 모여드는 휴식처가 되었다.

대청호에 대하여 애정을 갖게 된 데 대해서는 남다른 인연이 있다. 대학 졸업 후 이곳 시청에 발령받아 댐 건설 관련 일을 하게 되었다. 취수장과 정수장 건설 현장에서, 여성 기술 공무원으로 취수장과 정수장 건설을 감독했다. 각종 장비도 업체에 발주하고 늘 도면을 펼쳐 들고 현장을 오갔다. 열정을 쏟은 첫 근무지였고. 나의 세상으로의 도전은 이곳에서 시작되었다. 대청호를 바라보니 당시 기억들이 눈앞에 생생하게 펼쳐졌다.

사회초년생으로 실무에 어려움도 많았다. 그때만 해

도 공학을 전공한 여성은 아주 드물었다. 나로서는 이 길이 내가 가야 할 길이라 생각하고 최선을 다했다. 선배들 틈에서 어울리며 실무를 배우고, 사회생활을 터득한 곳이다. 나의 젊은 날의 추억이 묻혀있는, 애환이 서린 전혀 낯섦이 없는 고향 같은 곳으로 남아있는 곳이기도 하다.

앞에 보이는 대청호, 드넓은 호수에는 배 두 척이 유유자적하며 호수를 가르고 있다. 관광객들은 그 배를 보면 낭만이 넘친다고 생각할지 모른다. 하지만 나는 안다. 그 배는 시민들의 식수를 관리하는 선박이다. 승선한 직원들은 수질에 문제가 생기지 않도록 항상 긴장의 끈을 놓지 않는다.

오늘따라 대청호 호반 길은 유난히 아름답다. 호수는 연둣빛으로 짙어지고 신록과 어울려 어디로 눈을 돌려도 수려함 그 자체이다. 하늘, 산, 호수가 어우러진 한 폭의 수채화이다. 이름 모를 새들이 지저귀는 소리도 소프라노 음률로 생기가 넘친다. 가랑비까지 운치를 더해주니 그 옛날의 추억이 안개 되어 바람에 휘날린다. 보온병에 넣어온 따끈한 커피 한 잔의 향기에도 취해버렸다. 오감으로 느끼는 대자연의 서사가 있는 커피 맛은 비교할 대상이 없다.

산을 오르면 정복감에 뿌듯하고 물가를 거닐면, 마음에 평온이 온다. 산과 물이 평화롭게 이웃하며 산은 물을 건너지 않고, 물은 산을 넘지 않는다. 산은 산이요, 물은 물인 까닭이다.

추억에 푹 젖어, 대청호에서 청정한 공기를 마시며 자연 속을 누볐다. 붉은 낙엽으로 두툼하게 덮인 가을날에 호반 길을 다시 걸으리라. 과거로의 시간여행은 언제나 미래를 살아갈 힘을 내게 준다.

현대시 시론이 축을 이룬 모더니즘

박정이(시인, 문학평론가)

달빛에 기대어 시를 그려내는
서정의 문학적 공간이다

삶으로 봉인된 문학의 가치

이번 이춘희의 시들은 새롭게 변화된 작품들이 거의 대부분이다.

환유적이고 자유로운 시어들의 통상적인 점, 그리고 새로운 시의 세계가 끝없이 펼쳐진다 보르헤스의 소설 『알렙』 때와는 달리 이춘희의 현대시에 나타난 작품들은 시의 피부와 함축된 시의 살이 만져진다. 시가 한정식처럼 맛깔스럽다. 어려운 듯하면서도 그림이 그려지듯 줄거리가 잘 그려진다. 그것은 시의 장소와 공간성이 확실하기 때문이다. 아니 시의 공간이 현실적공간이기 때문이다. 그래서 작품들마다 시의 장치가 되어있어 시의 몸에 깊이 감춰진 함축된 말들과 대화하고 싶은 충동이 일어난다.

어쩌면 시는 끓는 물에서 생성되는 아주 작은 푸른 물방울 같은 존재가 아닐까 생각해본다. 마치 이춘희 시인의 작품들은 11차원 초공간에서도 존재할 거라는 예감이 든다.

이춘희 시인의 이번 작품들은 수십 년을 써온 중견시인 이상이다.

나는 통상적인 그 어떤 것보다도 의미 지향적인 작품을 들여다 본다.

「멍울의 흔적」에서 무수한 흔적들을 비워내는 우리의 주인공은 흔적의 시간이라고 자신을 생각하고 있다. 어떤 경우에도 죽음 쪽에서 생각하지 않고 생쪽으로 몸을 돌린 모습이다. 침묵 속에서도 여성의 강한 생존에의 의지가 드러나면서도 결국은 세상이 지배하는 봉합된 그림자 즉 흔적의 원동력이 잘 표현되어 있다.

화자가 근거한 설정의 질서에 불화를 타협하지 않고 긍정적으로 살아내려는 굳은 의지가 이 시에서 긴밀하게 나타나 있다.

다음 시도 천천히 들여다보면 독자와 소통할 수 있는 생의 끈을 끌어온다.

궁극적으로 리얼리즘과 다른 점은 꿰뚫어 보는 응시의 집중력으로 하여금 내면세계를 조명하는 투명성이다.

이춘희 시인이 끈질지게 추구한 주제라는 것이다.

이 시에서 나타나듯 인생을 절망하기에는 너무 풍요롭고 거창하다는 것이다. 인생긍정의 발상을 깔고 희망과 꿈을 달콤하게 유혹하는 빛의 공허 시의 의미를 예견한다.

그래서 현실의 외부를 통해 내부의 진실을 추출하는 방향전환점이 확실히 기대되는 점은 분명하다.

지난여름 목청 돋우던 언어들도
기도하듯 잔잔해진 겨울 바다

부글거리던 무수한 삶의
흔적을 비워내며
또 한 멍울의 시간을 지키고 있다

한 계절을 품었던
열정도 벗어놓고 슬픔도 묻은 채
겨울 밤바다는 지쳐있는 듯
고요 속에 갇혀있다

조각 진채 조여 오던
내 작은 노래들
겨울 바다를 쓰다듬고 있는
한줄기 바람으로 훌훌 털어버리고

내 안의 얼룩진 그림자를 지우며
침묵 속에 빠져본다.

–「멍울의 흔적」 중에서

언제부터일까. 물의 뿌리가 태초에 어둠속에서 꿈틀
거리고 있었다는 화자의 상상력에 나는 깊이 감동했다.
신비스러운 영혼의 물줄기 어쩌면 그것은 인간의 생명
력이 존재했을 거라고 생각해 본다. 물의 뿌리나 우리의
생명은 함께 했을 거라는 이춘희 시인의 기발된 상상에
서 나왔다는 것이다. 죽음보다 더 깊은 곳은 어디일까.

물의 뿌리는 태초부터
어둠 속 궁창에서
자라고 있었나 보다

그 신비스러운 영혼의 물줄기는
죽음보다 더 깊은 곳에서
잠든 지층 더듬어가며
물꼬를 트고

시린 바람에도 멈추지 않은 채
빈 영혼 불태우며 키워낸 천년의 뿌리

무성하게 덮은 청청한 이파리들도
하늘 높이 늑골을 타고
도도한 고통 속에서도
드넓은 세상을 끌어안는다

나도
물의 뿌리로 시작되었다는 것을.

-「물의 뿌리」 중에서

7월에 내리는 굵은 장맛비
운명처럼 창문을 두드리며
교향곡을 연주한다

내 메마른 가슴골 이랑도
빗줄기의 가락에 젖는다

나날이 흘러나오는
축축한 뉴스들로
허공을 붉게 물들일 때

허기져있는 빈 가슴들
꽃등 켤 날을 기다린다

세상의 찌든 욕망에
갈증을 앓던 등나무도
엇갈린 마디로 해갈을 꿈꾼다.

–「엇갈린 마디들」 중에서

다음 작품을 더듬어 보기로 하자.「바람 속에 묻은 시
간들」우선 제목부터 기찬 시어다. 그렇다. 목마름에 주
름지며 깊어가는 미로를 서성일 때의 화자는 어떤 길에
서 있을까. 낯선 시어들과 이야기하며 바람 속에 시간을
묻어 두었을까. 마냥 화자의 그림자에 둘러싸여 함께
공유했을 것이다.

시간은
어둠과 새벽을 내지르며
내 곁을 지나가고

깊어가는 밤에 두근거리며
미로를 서성일 때도
시간의 덧셈은 머무르지 않는다

가끔 손 내밀어 한 움큼
잡아 보려 해도
잡히지 않고 가는 시간

갈수록 감각조차 무뎌진다

한낱 작은 제비꽃도
얼마나 많은 시간을 바람 속에 묻었을까

오늘도 목마름에 주름지며
흘러가는 시간의 멜로디는
꿈의 속도로 날아간다.

-「바람 속에 묻은 시간들」 중에서

이 시 작품「슬픔에 절여진 몸짓」은 슬픔의 층계에서 안개의 언어처럼 이춘희 시인은 탁월한 시를 캐어내는 능력이 있다.

매우 뛰어난 상상력이 우리 독자들에게 감명을 준다. 매력적인 것은 가련한 여인의 마음을 읽어내는 데 충분한 실력이다. 삶의 질이 맑고 깨끗해서 시작품에서 그대로 표현되고 있다. 나는 또다시 아래에 있는 본문을 읽어보자.

안개 눈으로 가려진
잿빛 월미도 앞바다

허공을 휘젓고

속울음으로
바다로 뛰어드는 안개 눈

막다른 길목에서
생의 슬픔에 절인 몸짓이다

거센 바람에
진정되지 않은 잿빛 눈은
시린 내 마음

몇 달을 동행하던
삶의 쓰라린 소음들
내 영혼을 하얗게 비운다.

-「슬픔에 절여진 몸짓」 중에서

이춘희 시인의 시는 어떤 가식이 없는 진솔한 작품이다. 현대시의 주요 이론은 시작의 방법론이 되었다. 통증의 쉼표처럼 하나의 시를 서술할 때 페르소나를 만든다.

그 시의 통증에서 시의 완결성을 위해서 자아의 시적 진술이 곧 시의 쉼표가 될 것이다. 시인이 직접 페르소나가 되어 시를 진술할 때 차원 높은 작품이 되는데 이춘희 시인이 그걸 아래 본문에서 보듯 잘 그려내고 있다.

지난 봄날
연노란 새싹의 설렘은
먼 그리움으로 남아있고

이젠, 붉게 태운 단풍잎의
함성마저 거두어간다

빼곡한 스케줄
지킬 수 없는 내 영혼은
한 줌의 낙엽이 되어 흔들리고

바람의 시간도 구름의 시간도
12월의 문턱에 들어섰다

잃어버린 시간의 흉터
고스란히 담아둔
한 장 남은 달력의 얼굴

통증의 쉼표를 남기고
어디론가 떠나간다

–「통증의 쉼표」 중에서

다음 작품은 『느리게 산다는 것의 의미』에 대해 말한

프랑스 철학자 피에르 쌍소처럼 가늘어가는 가을 햇살에 느림의 의미로 부여된 이춘희 시인의 「가을의 맥박」을 살펴보자. 어쩌면 느리게 흐르는 시간의 공간을 역설적으로 표현하는 것으로 완성시켰는지 모른다. 발자국을 끌어당기는 바람 앞에 서서히 걸어가는 화자의 모습을 그려본다.

참으로 가을 소나타를 연주하는 옛 여인이 수틀에 한숨을 한 땀 한 땀 수놓은 듯하다.

가늘어진 햇살에도
가을의 맥박은 숨 가쁘게 뛰고

가을 흙 내음이 수런거리며
발자국을 끌어당기는 바람도
허리가 휘어진 채 기울어져 있다

여름 내내 불볕에도
흔들리지 않던 바람
가을 소나타를 연주하며
옛 여인의 수틀처럼
가을 들판에 수를 놓는다

깊게 익어가는 가을 수채화를
온몸에 담고
저물어 가는 가난한 노을에 젖어

내 빈 마음을 붉게 태운다.

-「가을의 맥박」 중에서

낯선 한 여자의 생이 그려지듯, 양재천의 물소리가 쉼 없이 흘러간다.
한 발짝 한 발짝은 고독의 시간 속에 그려지는 시의 치유 시간 그 따뜻한 개울물의 물소리가 생동감 있게 양재천을 꽃피운다.
자연애의 사랑이 인간의 사랑이 아닐까 생각하며 양재천 징검다리를 걸어가는 화자의 모습이 눈에 선하다.

양재천 개울 물소리 들으며
징검다리를 걷는다

한 발짝 한 발짝
디딜 때마다
쉼 없이 흘러가는 시간

덧없는 세월의 고독 속에
물거울에 비친 내 모습

지나버린 한 세상이
여운만 남긴 채

보일 듯 보이지 않고

낯선 내 생은 긴 터널 끝에서
저 징검다리 건너면
찬란한 빛은 언제 다시 오려나.

-「물거울」 중에서

  어떤 시작도 어떤 끝도 없는 바람의 종이배를 청계산
계곡에 띄우고 싶은 외로움 그 무수한 흔들림의 긴 그
림자를 남긴 채 마침표를 찍는다. 고요한 허공에 굴절
이 있듯이 홀로 저 멀리 있는 대상의 체온을 끌어당기
듯, 아픔의 굴절을 꺾어 우주 한 공간에 화자의 마음을
우리는 충분히 읽어낼 수 있다. 고요 속에 파묻고 싶은
초록의 꿈을 깊이 체온을 불어넣고 있다. 이춘희 시인의
감성의 의미가 본문에서 잘 표현되고 있다.

  바람은 청계산에 초록 문을
  활짝 열어놓는다

  용광로처럼 찌는 더운 날엔
  숲 속의 싱그러운 쉼터가 되고
  땀을 식혀주는 풍차가 되기도 한다

갈잎은 무수한 흔들림을 견디며
허공에 발자국을 남긴 채
스산한 겨울날 긴 그림자의 마침표를 찍고

까칠해진 낙엽이 흙길에 뒹굴 때
바람도 슬픔을 감추고
앙상한 나목을 어루만지며
고독한 명상에 빠진다

낙엽이 비워놓은 홀가분한 나목
이제 새로운 설렘으로
고요한 초록의 꿈을 꾸며
정적 속에 잠들어 있다.

–「생은 마침표를 찍고」 중에서

마지막으로 이춘희의 시 「여자의 그림자」를 읽어보자.
어떤 개체적 생존에서 바라보는 생래적인 조건으로 읽
혀지는 누워있는 그림자처럼 작은 그림자처럼 비스듬히
눕고 싶다. 이춘희 시인의 페미니즘 감각이 분명하게 나
타나 있다. 사월의 그림자와 초여름의 그림자가 시의 몸
짓처럼 이춘희 시인의 작품 속에 좋은 시를 무수히 잉태
한 대가라고 생각하며 한국 문단의 성숙한 시인이 이미
되었다고 본다. 나는 앞으로도 이춘희의 작품들을 크게

기대해본다.

작은 골목길에 비스듬히
누워있는 그림자
여자를 따라 웃는다

여자가 울면 그림자도 울고
여자가 외로워하면 그림자도
외로워 한다

여자의 몸짓 따라
소리 없이 동행하며
외진 비명처럼 서럽진 않았을까

고운 목련의 자태이길 바랄 뿐
여자가 만든 생의 길 어찌 탓하랴

바다처럼 눕고 싶은 여자의 그림자
심장이 뛰는 초상화처럼
허공에 쌓이는 꿈의 조각들을
오늘은 어떻게 그려질까.

-「여자의 그림자」 중에서

시담포엠시선 042

바람 속에 묻은 시간들

2023년 5월 30일 제1판 인쇄 발행

지은이   이춘희
펴낸이   박정이 김성규
대표 겸 주간   박정이
편집인   김세영
편집장   양소은
펴낸곳   도서출판 시담포엠

출판등록   2017. 02. 06.
등록번호   제2017-46호
주소   서울시 강남구 테헤란로 311-1321호(역삼동 아남타워)
대표전화   02-568-9900 / 010-2378-0446
이메일   miracle3120@kakao.com

ISBN   979-11-89640-20-2 (03810)
값 12,000원